U0033443

## 書店事

## 逛在地

# 損不足以奉有餘：

## 《極度疼痛》中的
## 欲望與戰慄

撰文
**龔卓軍**

《極度疼痛》圖片提供
**大家出版**

讀蘇菲‧卡爾（Sophie Calle）2003年出版的《極度疼痛》（*Douleur exquise*），是個勾起躁鬱之心的暗黑閱讀經驗。

這本書讓我忽然想起十一年前，赴義大利觀賞2007年的威尼斯雙年展時，法國館展出的恰好是蘇菲‧卡爾的計畫作品《好好照顧你自己》（*Prenez soin de vous*，2007）。現場有超過四十五支大小螢幕的影片、六十三種大小不同的紙質輸出，談的是藝術家在展覽一年前接到男友的email分手信，極度痛苦之餘，經友人相談提醒，有了靈感，於是藝術家執此分手email，訪問了一百零七位女性專業工作者，她們分別從律師、語言學家、文法結構專家、印度舞蹈家、扮丑者、家庭婚姻諮商師、獵人頭顧問專家、數學家、哲學家等特異角度，回應了這封email。我記得扮丑的女演員在影像中的表現，回應得特別諷刺、誇

DOULEUR

J-20

張、好笑,印度女舞者跳舞回應得特別詩意、幽怨、動情,法律
學者和兩位語言文法學者也分別對這封信字斟句酌,這些女性專
業者,給出的不只是形式上的評論,也對書寫者和閱讀者的心情
給予了評點,揭露了關於「愛情」的種種痛苦、無奈、戰慄和期
待。有趣的是,蘇菲・卡爾本人的痛,似乎因此歷程不藥而癒。

　　但閱讀2003年法文版、2014年中文版的《極度疼痛》的時候,
恰巧也在2018台北電影節看了VR電影《潛入躁鬱之心》[1],得以
透過感官浸潤視界,進入情殤躁鬱者的視知覺狀態,浮沉於虛擬
實境的多向敘事世界中,一個一個躁鬱者發作狀態所呈現的房
間,分崩離析、升天潛水、紙飛壁變,立刻強化放大了類似《極
度疼痛》書中的許多精神世界的細節。當然,《極度疼痛》的椎
心動人之處,不僅僅是因為每個人都有情殤痛史,這本藝術家之

3

書後半部，還透過他人的父母過世、親人自殺、意外等等第三者回憶的文字化，讓讀者在閱讀他人的極端痛苦經驗時，也被挑戰著讀者自身的存在怖慄經驗，於是，不自主的召喚、重溫、反芻著自身相關經驗的種種，就漸漸與藝術家痛苦經驗同步化，使得《極度疼痛》這本書變成了一個極度疼痛消長的交換平臺，一個因為個人情殤而得以接通各式各樣人生苦痛的交換機。

剛開始，我們知道的就是一趟九十二天的旅程，始於1984年10月25日的巴黎北站。然而，隨著二十二天的火車旅程，經過了莫斯科、西伯利亞大鐵路、滿洲大鐵路，還有1984年9月胡耀邦巡視二連浩特時，留下「南有深圳、北有二連」讚詞的「中國北

大門」二連火車站之後，過北京、上海、廣州、香港，到達她準備駐在三個月的日本東京。這中間呈現的儘是向愛人男友交待的一些火車旅途所見，流水帳、訴情話而已。倒是在北京朝陽區的華都飯店，我們看到了極痛倒數第八十天的一句警語：「損不足以奉有餘。」

這本是一句不起眼的話，不知是華都飯店的住宿信紙上的箋言，還是蘇菲・卡爾自己在某處發現的一句謎一般的「中國諺語」，實際上，它不是諺語，而是《道德經》由天道的「損有餘而補不足」的觀點，批判人間盡是「損不足而奉有餘」的逆道行徑。如果從這句「人道」的「損不足而奉有餘」的角度來看藝術家的這趟旅行，她後來所承受

的，其實是一段基礎不穩固的感情關係經歷到這趟三個月的旅行的刻意挑戰：她冒險獨自出遊，她也心知肚明這趟旅程如何威脅了她現有的情感關係。也就是說，她的赴日駐村三個月的決定，對她原有的巴黎戀情來說，正是一種「損不足」的顛倒天道的行徑，明明情感基礎不足，她卻還刻意減損其連結；而三個月的日本駐村，她自己也知道是一種可有可無的「奉有餘」的作法，她不缺這趟駐村經驗，卻偏要去走這一遭，把不足的能量，拿去侍奉其實有餘的藝術家駐村活動。這便是「人道」的鐵齒與傲嬌之舉。如果藝術家的「人道」偏執，恰恰是她與哲學家理性作為的不同之處，那麼，《極度疼痛》的精彩之處，就在於這種情感上的偏執行徑，如何在巨大的情殤爆發之後，藝術家以其獨特的藝術手法，重新編排、調度其藝術上的「不足」和「有餘」之局，以呈現存在的戰慄。

《極度疼痛》前半部紅框版型的最後一天，是一張日本航空在印度新德里機場代轉的便條紙（如果是現在，那只會是個人手機裡的一條訊息）：「*MR. RAYSSE can't join you in DELHI. DUEACCIDENTIN PARIS and stay in hospital. PLEASE CONTACT BOB in Paris.*」（M無法與您在新德里會合，因為巴黎有意外並且住院。請聯絡巴黎的包伯。謝謝。）[2] 這這是藝術家馬爾夏勒·雷斯（Martial Raysse）爽約留給她的訊息。接下來，便是「痛苦發生後」種種反覆述痛與他人痛苦場景的對比。

其實，在此之前，蘇菲·卡爾的駐日期間行徑，在《極度疼痛》的某些細節中，藝術家的書寫似已預示了後面的痛苦場景。首先，她在東京帝國飯店遇見了一位此趟旅程出發前在法國《世界報》（Le Monde）上為她寫長篇報導，但不慎遺失了她的兒時照

片的寫作者艾爾維‧吉伯特（Hervé Guibert），他是為了送還失而復得的珍貴照片而來東京的。於是，在一種曖昧的情愫中，他們一起去了京都，不僅造訪金閣寺、愛情神社（地主神社），也去了緣切寺，雖然心念雷斯，她還是進了艾爾維的旅館房間泡澡，想看他的裸體，給他看她的裸體，以及另外跟一個義大利男人過夜，跟算命師請教她與雷斯的未來，跟蹤一對日本情侶，與一位盲人碰面。這一切的偶發遭遇，都預示了藝術家欲望的不足，或欲望的有餘，過剩。於此，一種「損不足而奉有餘」的藝術家感性生活步調中，我們已分不清楚是誰在背叛誰，只能確定她必然要遇上身而為人的道路上的情感創傷。同時，這本書裡面只出現一次的「盲人」肖像，也是藝術家一直關注的對象。

然後，我們就進入了黑白框對作的創傷版型裡，也就是《極度疼痛》的後半部。後半部左側的黑框版型，如果讀者一次一次仔細閱讀的話，它的訊息量不大，只是反覆敘說藝術家與她的男友（雷斯）分手的形式與確認分手的過程，配圖都是新德里帝國飯店二六一號房內那張床的床頭（又是帝國飯店！），和她匆匆致電，與雷斯確認分手的那支紅色電話。文字則漸漸變少，字變淡，最後彷彿是一個驅魔儀式的展現，對右側聆聽友人或社會新聞訴說那些斷裂性的「極痛經驗」之後，自己的情殤之痛也漸漸復原一般，在分手第九十九天後，已無任何言語。躁鬱之心，終於平息。

然而，蘇菲‧卡爾不僅僅只有個人傳記式的跟蹤敘事、情殤敘事，就如同她在接受《典藏今藝術&投資》第三百期余小蕙的訪問中所說的：「我一半的計畫來自個人的生命遭遇，但另一部分作品，如《看海》（Voir la Mer，2011）、《最後影像》（Dernière Image，2010）等，都不具自傳性質，很多時候是為參加某項展

一九八五年一月二十五日，所攝。文六。盤房。帝國飯店。新堤街。

覽而構思。我一直是這兩條線同時進行，穿梭來回於兩者之間，也從不問為什麼。當我有幸找到一個創作點子時，會立刻著手進行。」[3] 因此，我們如果要全面性地了解這位藝術家，就有必要掌握她的另一種敘事。

2012年的上海雙年展中，我有幸看到了蘇菲·卡爾展出了她的《看海》、《最後影像》這兩個關於盲眼人的系列作品，展覽命名為「最後一次也是第一次」。最後一次，是因為《最後影像》展出的是伊斯坦堡一些因為突發事件而失去視力的盲人，他們的影像，以及他們回憶事發前他們記得的最後的影像；第一次，則是《看海》展出一些天生眼盲的人，面向大海，她帶他們（一個老人、一個母親和孩子）第一次去「看」海。這些盲人在影像中，用他們已看不見的眼睛，眨著，朝向觀眾，彷彿直面著我們這些

7

偷窺者,沒有任何退卻的表情。《最後影像》中,有些主角記得的是某個暴力場景、車禍場景的破碎片段,有人記得的是她丈夫的臉。

對於明眼人而言,盲是一種不足;對於盲者而言,明眼是一種有餘。猶如生之欲望造成的痛苦,藝術家不避諱她在欲望上的盲與不足,直面這些缺憾、疼痛、盲目、碎壓,將痛苦放到明眼人與觀眾的世界,化為作品的敘事與展覽,於是,這些「極度疼痛」的肖像與話語,不單單停留在藝術家個人的痛的面,也包含、擴散為他者的痛的世界,以可見的印刷物與展示品,轉為欲望上有形可見的「有餘」,反過來,再以此「有餘」來補償那不可追的「不足」,在「不足」與「有餘」之間,反覆辯證。這種直面欲望而生的對照之記,雖然不免勾起我們的躁鬱、暗黑之記憶,卻也讓我

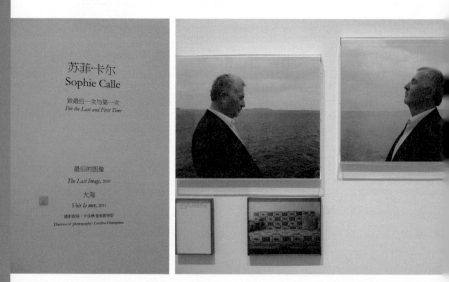

2012年,蘇菲 · 卡爾於上海雙年展展出作品《看海》、《最後影像》。
照片提供:龔卓軍。

們在終於面對自身與他者的赤裸生命、永不得滿足的欲望洪流中，如入阿鼻地獄中的共同極痛，讓每個自體因痛而震顫，為此生死界限的徘徊無常，生出怖慄、戰慄、悲憫之情。藝術之道，於是在「天道」與「人道」之外，另闢蹊徑，在徹痛心扉之深淵暗處，乍見人道無常的幽微機鋒。

編註

1  卡莉娜‧柏汀（Kalina Bertin），《潛入躁鬱之心》（*Manic VR*），2018。

2  蘇菲‧卡爾，《極度疼痛》，臺北：大家出版，頁196。

3  余小蕙，〈化生命中的失去為藝術　與蘇菲‧卡爾相遇在舊金山〉，《典藏今藝術＆投資》第三百期，2017年9月號，網址：https://goo.gl/21TqSq。

作者簡介

龔卓軍

1966年生，臺灣嘉義人。國立臺灣大學哲學博士，現任國立臺南藝術大學藝術創作理論研究所副教授兼任所長，主要研究領域為當代法國哲學、現象學、美學，長期關注身體哲學、現象學心理學、精神分析等相關議題，2009年起，任《藝術觀點》（ACT）季刊主編；2017年，任「近未來的交陪：蕭壠國際當代藝術節」策展人，並獲2018年台新藝術獎大獎；2018年，任「野根莖：2018臺灣雙年展」策展人。著有《身體與想像的辯證：尼采，胡塞爾，梅洛龐蒂》（臺大哲學研究所博士學位論文，1998）、《身體部署：梅洛龐蒂與現象學之後》（心靈工坊，2006），譯有《空間詩學》（張老師文化，2003）、《傅柯考》（麥田出版，2006）、《身體現象學大師梅洛龐蒂的最後書寫：眼與心》（典藏文化，2007）等書。

# 名為我的千萬傷疤之神——
# 《疼痛是一道我穿越了的牆》

撰文

阿莉莎

書籍封面提供

網路與書出版

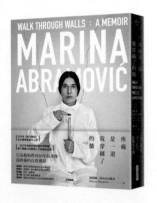

《疼痛是一道我穿越了的牆》
瑪莉娜・阿布拉莫維奇／著
蘇文君／譯
網路與書出版，2017

　　讀這本書以前，我一直以為自己是個怪物。

　　直到看見阿布拉莫維奇身上滿布因表演產生的各種傷疤，有時是觀眾給予她的，有時是她給予自己的，一遍又一遍，再沒有一本書如此講述疼痛了，對阿布拉莫維奇來說，疼痛似乎是引領自我前往更高層次的靈路，而她透過表演，尋找著自己內在的神靈，雖醜陋萬端，卻永恆不滅。

　　當我的主牽我如幼犬般進入舞台中心，我想起阿布拉莫維奇，主在眾人面前掀起我的裙子，細長的藤條輕撫裸露的臀肉，我非常害怕，也非常安然，這名有著穿牆意志的藝術家曾說，表演使她成為更高層次的自己，此時此刻，我也即將成為更高層次的自己。

我趴伏在地，藤條降下抽打，雨點般重重落在皮膚表面，每一下都造成嶄新後果，我想像蒼白、原來完好的屁股在藤條的抽打下首先浮現深色紅痕，接著顏色轉深，瘀青從底部徐徐暈染。抽打來到第五十下，每一下都變得極其殘酷，我的身體顫抖著，臀部發燙，在觀眾的面前漸漸發黑、萎縮，直到第一百下，我已痛哭失聲，傷口因血流溫熱，這一刻，我不再是我，而是別的，更好的。

　　也只有在此時，我能接收到圍觀眾人呼吸底部的欲望，視我為神靈，視我為母狗，而我僅成為我心目中的千萬傷疤之神，如同阿布拉莫維奇，無論觀眾鄙視我、渴望我、憎恨我、愛慕我，都與我無關。

　　當一切結束，主如同最開始般牽引我爬著離開舞台，我的臀部體無完膚，鮮血沿雙腿流下，這些傷口將會留下永久性的疤痕，我想起阿布拉莫維奇在書中寫的一小段故事：小女孩告訴金魚，她想要變成長手、大鼻、巨耳的怪物，因為「美麗只是短暫的，而醜陋恆久遠。」

　　人人都在追求永恆的東西，阿布拉莫維奇據此翻轉了醜與美的定義，她追求藝術的過程而非結果，又因她有權力決定如何使用自己的身體，使她展現了一個作為人類得到完整自由的方法，使我意識到，將可以繼續走在這條疼痛之路上，一次又一次，比遠還要更遠的彼方。

# 人生最重要的事情就是怎麼處理痛──

## 專訪大家出版總編賴淑玲、《極度疼痛》譯者買翊君

採訪
————
楊若榆

整理、撰文
————
楊若榆、陳安弦

攝影
————
李明澤、吳欣瑋

《極度疼痛》圖片提供
————
大家出版

### 一本書的可能性

中文版《極度疼痛》在2014年10月出版，於今已過了四年。提到這本特殊的書，大家出版總編輯賴淑玲滿意地說：「很慶幸當年真的有做這一本書。」即使書市一年一年下滑，《極度疼痛》仍然非常爭氣地賣到五刷，雖然精裝彩頁的成本較高，「它還是一本應該要出、而且老實說我覺得應該不會讓你虧太多錢的書。」

在《極度疼痛》之前，賴淑玲已經手過不少攝影、當代藝術書籍。將大家出版ART書系按出版順序一字排開，打頭陣的是日本攝影三巨擘：森山大道的散文集《邁向另一個國度》（2010）、荒

木經惟談攝影哲學的《荒木經惟的天才寫真術》（2010），以及當時在台灣仍少人知的杉本博司文集《直到長出青苔》（2010）；在這三本重量級出版品之後，也以穩定的速度，持續推出當代攝影、現代藝術相關書籍。其中，有許多書看似冷門，其實銷量超乎想像。

大家出版賴淑玲總編輯。

「當代攝影賣得很好，讓我對當代攝影跟現代藝術（在臺灣的出版）多了一些信心。[...]所以做完了這幾本攝影評論的書、也做了攝影家寫的散文集之後，我想要做同樣是藝術家的、但是不再是過去那種形式的書。」賴淑玲持續思索著藝術類書籍的可能性。

這個時候，她遇見了蘇菲・卡爾的著名作品《好好照顧你自己》。此書起因於蘇菲・卡爾曾收到的一封分手信，她找了一百零七位的女性好友共同來解讀／解剖這封信，每個人從自己的專業領域出發，以不同角度、不同方式來詮釋它。2007年，蘇菲・卡爾以《好好照顧你自己》參展威尼斯雙年展，同時出版此書。

談及《好好照顧你自己》，賴淑玲雙眼大亮：「蘇菲・卡爾是個很特別的人，大部分的藝術家創作的媒材不是書籍，也不是用這種方式在思考，所以他們的作品、展覽其實都很難做成書。」

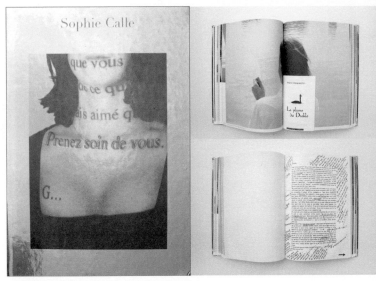

《好好照顧你自己》書封（左）及內頁（右）。

但是，與一般大眾想像中的、專注於圖像創作的藝術家不同，蘇菲・卡爾的創作大多以文字圖像並置的形式呈現，在一篇訪談中她曾談及，對她來說，文字的重要性甚至高於圖像[1]，或許正因如此，「她的展覽基本上都像是一本大型的書，一個展板就是書的一個頁面，是非常適合做成書的。」

　　這本巨大、絢麗的書，大大刺激了賴淑玲，不僅僅是因為極盡幽默的內容，或幾乎搜羅萬象的表現媒材：文字、照片、音樂、錄像、圖表、點字、手寫信、琴譜、摩斯密碼；對賴淑玲來說，「《好好照顧你自己》展現了一種藝術創作跟書籍出版的可能性，[...]包括書的做法、閱讀的可能性、文字發揮的可能性、照片使用的可能性。我當時想了好久要不要做這本書，可是它真的不能當成一本（翻譯）書來做，最好當成一個藝術事件來做，我甚至

想過是不是要取得作者同意，邀請臺灣一百零七個，各個領域的人，重新創作這本書。」

出版《好好照顧你自己》的計畫因規模太過龐大而暫時作罷，不過，賴淑玲開始留意蘇菲‧卡爾的其他展覽和著作，希望有機會將之中文化。最後，她找到了《極度疼痛》。

## 編輯做不出來的書

《極度疼痛》與《好好照顧你自己》有許多相類之處：創作動機一樣來自失戀、一樣是近乎偷窺狂式的私密經驗剖白、自然也有蘇菲‧卡爾標誌性的圖文搭配。不同之處在於，蘇菲‧卡爾在創作《極度疼痛》時，對待失戀可沒有在《好好照顧你自己》裡頭這麼幽默——在《極度疼痛》中，為了驅趕盤桓心頭的失戀之魔，她對「痛」的反覆描摹與扣問，幾乎稱得上咄咄逼人。也許，正是這不同尋常的執著，讓編輯有了某種「感應」：「看到它的時候，你會覺得，有很多話想要透過這個文本講出來。」

蘇菲‧卡爾的經紀人在簽約初期，曾對賴淑玲說過一句：「你知道這不是一本書嗎？」

她確實知道。「我一開始看到它（《極度疼痛》）就在想，這是編輯做不出來的、只有藝術家才做得出來的東西。編輯做出來的書非常線性，一本書的構成形式基本上是固定的——就是把內容化成文字，讓讀者由頭至尾看過去。但是《極度疼痛》完全不是。它（本質上）是一個展覽，即使它變成書，還是具有展覽的特性，而看展覽是可以自由串聯動線的。」

她以《極度疼痛》的後半部為例，「（書的左頁）重複出現同一張照片，底下的敘事也都是在講同一件事情：就是她接到了分手

電話；你會看到，她每次在重述這個故事的時候，都會有稍微的變形——句子會越來越短，字跡越來越淡，失戀情緒也在一次次的述說裡面變淡。右頁呢，就是她為了治療失戀，找了三十幾個人，請他們講述這一生最痛的時刻。於是，在左頁，作者的情緒越來越淡，右頁的痛卻疊加上去、變得越來越強烈。(閱讀的時候)你可以前進、可以後退；你可以只看她左邊幾十次的重述，也可以只看右邊的痛的故事，或者同時看。」

「加上照片和文字的搭配——照片是一種存在的證據，當你看到照片的時候，你會相信當時她就是在那裡，但又會讓你懷疑虛假及真實的界線；文字則勾起你更深的共鳴……各種閱讀經驗像網一樣的相互交錯。這真的是一個藝術家才有辦法做出來的東西，它讓我再次意識到，我作為一個編輯，受『書』的形式制約有多重。」

經過一次次重述，左頁有關情殤的字跡漸漸變淡，字句也變得簡短。

因此，簽下《極度疼痛》一書後，賴淑玲在編輯過程中小心翼翼，將其當做「一個藝術品」看待，最在乎的是保留此書的精神。她說，「中文版的作用就在於，幫助讀者理解這個藝術行動。」身為中文版的編輯，她要做的「只是為讀者搬開路上的石頭。」

做一本貼近原版的翻譯書？

　　談到此書的譯者與設計，賴淑玲笑著說，她努力把臺灣跟蘇菲・卡爾有關的人都聚集起來。《極度疼痛》的譯者賈翊君，從法國念完電影後回臺從事劇場翻譯，是國內少數較熟悉藝術領域、剛好又十分喜愛蘇菲・卡爾的法語譯者。而聶永真曾為舞台劇《不在，致蘇菲・卡爾》（*Absente：rendez-vous avec Sophie Calle*，2013）設計劇作海報──這齣舞台劇是擔任「莎士比亞的

《極度疼痛》譯者賈翊君。

妹妹們的劇團」(簡稱莎妹劇團)的駐團導演Baboo,受《極度疼痛》啟發的作品;隔年Baboo延續「不在」的概念,策劃出版的《不在:＿＿博物館》(大藝出版,2014),也由聶永真操刀。

賈翊君還在法國念電影時,就已接觸過蘇菲·卡爾的書,入手的第一本是與保羅·奧斯特(Paul Auster)合著的《紐約生存手冊》(*Gotham Handbook / New York, mode d'emploi(livre VII)*,或譯《高譚手冊》,1998):「那時候剛接觸到當代藝術,所以對她印象非常深刻。她每次寫東西都很好笑、很莫名其妙。我很嫉妒她常把一些狂想付諸實現!」賈翊君細數蘇菲·卡爾各個有意思卻無來由的創作題材,像是每天只吃一種顏色的食物(比如芹菜),或在路上撿到電話簿再一一撥打上面的號碼,還有跑到義大利應徵旅店清潔員只為翻找房間裡的垃圾桶。

《極度疼痛》文字量不多,但書後半左頁不斷重複、只有些微變化的字句,在翻譯上必須十分講究。賈翊君會刻意研究,如果作者用了不同的字,中文就也會用不同的字對應;她也盡量不改變作者的句型,保留蘇菲·卡爾原先的說話方式。「比如說,她兩句中間只差了一個動詞,我中文就會換一種動詞配合。

就是盡量做到她用什麼方法寫的，你就變換方法跟上。」這過程其實相當困難——在不同語種之間尋覓精確對應的字詞，豈有不煩難的道理？但她舉重若輕，爽朗笑道這本書不難翻譯，尤其是自己本來就對蘇菲‧卡爾這個怪咖藝術家很感興趣，最大的挑戰，反而是辨識書中蘇菲‧卡爾的手寫字跡——「看得眼睛都要瞎了。」

負責設計裝幀的聶永真，對於接手一本希望幾乎不更動原作的書，也曾表示疑惑，但基於對這位藝術家的愛，很快與賴淑玲達成共識：盡量保留原書原味。

為能順利引領讀者走進書裡、體會這場展覽的美與痛，取代法文字的中文字如何登場，是不可輕忽的細節：「因為中文沒有這麼漂亮的字型，所以設計其實是用日文字型來做，但因為日文的漢字有些跟中文字是不一樣的，所以要把那幾個字一一挑出來，換成看起來最接近的中文字。」聶永真也做到讓書中所有留白和邊框佔域絕對與法文版相符，相似度讓先讀過法文版的譯者賈翊君驚奇不已。

　　中文版《極度疼痛》最大的改變在於封面——原法文版封面的低調灰藍色，變成了「最濃的一種紅。」賴淑玲不諱言，這樣的決定，其實是受限於國內材料。賴淑玲和聶永真先蒐集、選定布料，再和印務一起帶著包好的書殼，在中、永和兩家燙金廠，試上一塊塊不同的箔，打造出封面封底的燙印效果。原本是灰藍布搭配紅色邊，來到臺灣後，變身為酒紅的布、銀亮的邊。細節很多，需要的溝通和耐性也很多：「要這個觸感、這個絨。」「這個『邊』必須要有強烈的存在感。」回想起整段現場試印、不滿意再換、試不到就換下一家的奔波時光，賴淑玲笑說自己真的非常享受，一旁幫腔的賈翊君也開玩笑說著：「一個 M 的感覺。」

## 用形式找到讀者

　　2014年10月，克服了爆預算、作者渡假去沒收到封面布樣、用email追著滿世界跑的蘇菲・卡爾與經紀人來回溝通等等挑戰編輯心臟強度的插曲，中文版《極度疼痛》終於問世。然而，蘇

菲‧卡爾在臺灣讀者間幾乎沒有知名度，又是偏向小眾的藝術書籍，如何在茫茫書海中找到讀者？

賴淑玲坦言，即使名列ART書系之下，原先也沒有預設之前培養起來的書系讀者會接受這本書，畢竟其內容和形式，對編輯而言已前所未見，更別說在書市出現了；她也深知臺灣書市不比歐洲，選書多以得獎與否做為考量，出版端如此，讀者自然「去菜市場不知道怎麼買菜。」

即便如此，賴淑玲在行銷上並未著墨太多：「其實我覺得行銷都是因應書而生，不可能去憑空創造（行銷方式）。這本書的行銷就是它的形式本身，它應該用它的形式去說服讀者。」因此，她只做了最簡單也最實際的嘗試：邀請設計、譯者、一位表演藝術者與一位藝評人，各寫一篇文章介紹蘇菲‧卡爾其人其書，做成夾頁，低調地夾入書中。封底不印商品條碼及訂價，連向來被視為行銷重點之一的書腰文案，都只簡單介紹了作者背景與書名的由來，避免過多的文字訊息破壞這本書作為藝術品的平衡感。

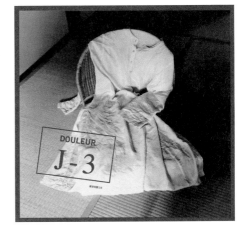

沒想到，讀者接受的情況比預期來得熱烈。自出版以來，《極度疼痛》已創造五刷的佳績。我們不禁好奇，《極度疼痛》的讀者們，到底是誰？

「這本書中講的東西都是人類的情感，任何讀者都會在裡面得到共鳴的。」賴淑玲認為，對藝術創作有興趣的、曾

經經歷過「極度疼痛」的人，自然會被這本書吸引。「世界上如果有一件事情是你執著的，你必須要很深很深地去凝視它。你要很深很深地去看著它，不停地去講它——你自己用不同的方式去講它，也聽別人用不同的方式去講它，當你匯集了這麼多東西之後，可能就可以穿過表面上的記憶，看到這件事情背後的某一些真實，這些真實對你來說的意義，是去取代你執著的這件事情，然後讓你從裡面超脫出來。有什麼事情最適合這樣做？我覺得就是創傷與疼痛。這是這本書非常獨特的地方。」

## 迎向痛之書

正如賴淑玲被蘇菲‧卡爾的傷痛創作吸引，繼而引進國內，近年來臺灣也掀起了一陣風潮，出版了大量創傷主題書籍。「尤其是童年創傷、家庭創傷的書。國內這一類型的書最近幾年突然變得非常多，大量跟疼痛、精神醫學、心理方面有關的書。」賴淑玲如此觀察。單就大家出版的書目，也可看到各種不同的痛——死亡、疼痛、戰爭、創傷——《極度疼痛》是站在最前頭的一本。為什麼會對這類主題特別有興趣呢？她快速回答：「這不是很理所當然的嗎？人生最重要的事情就是怎麼處理痛。」

然而，當相關書籍如雨後春筍般出版後，大家出版反而慢下了腳步。「倒不是說這兩年訊息變少還是變單一，而是說，當我們一開始做這個東西（《極度疼痛》）的時候，是從二、三十年間累積的出版品裡面挑選出來、找出最想要做的。挑完之後，這兩、三年之內，是不是還有新的、非常非常有『感應』的東西？就不一定了。」

說來說去，賴淑玲還是掛念著當初沒做成的、那本巨大的書《好好照顧你自己》，她難掩興奮，說起各種可能的執行方法：

不能破壞作品原貌,所以是否乾脆買進法文原書,另準備一本對照的翻譯小冊?或是在書頁間設計夾頁置入翻譯……各種可能性在腦中兜轉,停不下來:「這本書實在太迷人,總有一天我一定要看懂它!」

「你會法文?」我們好奇追問。

「我不會!但是身為編輯,我有一個優勢就是,我就來做這一本書。」賴淑玲笑吟吟答道。

編註

1  余小蕙,〈化生命中的失去為藝術　與蘇菲・卡爾相遇在舊金山〉,《典藏今藝術&投資》第三百期,2017年9月號,網址:https://goo.gl/21TqSq。

賴淑玲小檔案
大家出版總編輯。因為太晚發現自己的志向,來不及成為探險家,只好一直在書中探險。

賈翊君小檔案
文化大學法文系畢業,曾從事影視節目工作,後赴法學習電影。目前為自由譯者,遊走於口譯、筆譯與劇場翻譯多年,曾譯有《逆流河,托梅克》( 繆思出版,2006 )、《逆流河,漢娜》( 繆思出版,2006 )、《未竟之業》( 國家表演藝術中心國家兩廳院,2012 )、《波戴克報告》( 木馬文化,2013 )、《極度疼痛》( 大家出版,2014 )、《馬鹿野郎!噩夢中的喜劇,絕無冷場的北野武》( 漫遊者文化,2014 )。

作者簡介

楊若榆,小小書房店員。東海啦啦隊、東華創作所畢。
陳安弦,現任小寫出版企劃編輯、小小書房大黃擁護者,臺大人類學研究所畢。

痛書評

# 《喬凡尼的房間》

撰文
禹彤

書籍封面提供
麥田出版

《喬凡尼的房間》
詹姆斯‧A‧鮑德溫／著
李佳純／譯
麥田出版，2003

　　我從小就知道自己性向與眾不同，在得知實情的那一刻，或許是年紀太小，我絲毫沒有意識到這份與眾不同會為我日後的人生帶來哪些不便及苦難，這樣的一種存在狀態對我來說再自然也不過。因恐懼而夜不成眠，淚溼枕被的情節幸運的從沒在我身上發生過。然而出櫃對我來說從不是預設選項，我確認性向的那一瞬間，這樣的自我保護機制即在心底生根發芽，一道聲音清楚告訴我，要好好保守這個祕密，千萬別對任何人說起，哪怕一個惹人疑竇的聲音都不行。我不為自己的邊緣性存在感到可恥，而是不願招架和消化旁人知道了實情後各種負面的情緒反應，家人悲憤的質問、朋友不諒解的眼神和背地裡的交頭接耳。

那些主題涉及同志情慾的文學作品成了我唯一的出口，決定翻開某本書的當下，如同決定對某個人道出真相。閱讀這類作品無須套用多高深的理論和學說，自我生命經驗無時無刻不和文本產生化學反應，字裡行間放眼皆是相同病徵造成的疼痛，一如銳利診斷。最能道出我心中身為同志之痛的書是《喬凡尼的房間》，更準確的說，是該選擇身為哪一種同志，以及因此受到理想和現實拉扯的痛。

　　書中主角美國人大衛是一個躲在櫃子裡的男同志，在巴黎碰上了死心塌地愛著他的義大利少年喬凡尼。我一直賦予同性情愛一種理想主義／色彩，喬凡尼身上匯聚了構成這份理想主義的要素，是這些要素塑捏而成的肉身，我渴望用喬凡尼的方式愛一個人。在異性戀和同性戀間遊走的大衛，躲，對他來說是一種生存之道。

　　我為喬凡尼心碎，書中他的純情三番兩次受到大衛的閃躲而飽受折磨，最後失手殺人，從房間移動到監獄，繼續以如同墮落天使般的姿態愛著大衛，這是理想幻滅後的哀悼儀式。但我同樣無法責怪否決大衛的行為，他絕望的眼神中倒映出我畏縮的身影，當大衛的祕密被女友拆穿的那一刻，我害怕並直覺那將是我未來的結局，心頭為之緊縮失去了呼吸的方寸。看似位處兩種極端的人格於我身上匯聚，在閱讀的過程中，我既是喬凡尼也是大衛，雙方的對白讓我聽見了兩種人格的激烈辯證。

　　如今我依舊處在這兩種人格搭建的灰色地帶，《喬凡尼的房間》不只是我的痛之書，也是我的自省之書，每一次的閱讀都是一場最尖銳的質問。

# 寫作是
# 盛裝痛苦的容器——

## 專訪李欣倫

採訪、撰文
羅士庭

攝影
李偉麟

書籍封面提供
木馬文化
聯合文學

## 好奇的目光

寫作開始，李欣倫就瞄準了身體、病藥，以及環繞生活周遭的人事。

身為中醫師的女兒，從小，李欣倫就在父親的診間裡看著父親問診。她看著、聽著街坊鄰居對父親訴說著自身的病痛，不由得對疾病以及醫藥的世界產生了好奇。她發現，父親不只管治身體病痛，也治心病，「接近我們今天說的諮商師的角色。」她說。鄰里看診之餘就和父親抬起槓來，可能今天媳婦抱怨婆婆苦毒云云，到了明天就換成婆婆報到，數落媳婦如何懶慢。因此，李欣倫早慧於身心、病痛、人事相互的影響，而將這些想法催化成文字的，是中藥。

「和同齡孩子的玩具不同，我小時候的玩具就是中藥。」她說，乾燥的藥草容易受潮，只要天氣好，她就會幫著父親把藥草搬到頂樓曬太陽。

《以我為器》作者李欣倫。

一株株形狀、味道、色澤、紋理各異的藥草攤在陽光之下，她則以植物學家的熱忱認識、分類、把玩它們：王不留行、川續斷、胖大海……嬉遊、對話，彷彿草木皆有情。就讀中文所時，她很自然地選擇了當時還十分冷僻的疾病書寫領域，在嚴謹的研究之餘，作為學術語言的補白，她寫起了記憶中的身體、病藥以及人事，她的想像世界就像是層格藥櫃，打開抽屜，裡頭迸出的藥草氣息混雜了五味人情。

## 凝視痛的焦距

二十啷噹，結束一段戀情，前赴印度的旅行成了她生命中的轉捩點。截然不同的環境帶來巨大的衝擊，「濃烈」是她的第一感想：「香料、顏色，人和人之間的好奇、張望，距離都是很濃烈的。」在印度，李欣倫也第一次見到「和自己不一樣的人」。她在兒童之家遇見了天生缺手斷腳的孩子，也有外表看起來和常人無異，卻無法開口說話的孩子。智能不足、多重障礙、肢體殘缺，她恍然置身在缺憾才是常態的現實中。她曾在《重來》書中寫下一則記事：有次，她負責照餵一位天生沒有下唇的孩子喝粥，但

27

他的嘴巴闔不上，餵下的粥汁就這麼順著下顎淌流，燙了她的手。於是她發覺，「原來世界上有個人在邊緣的角落，是這麼苟延殘喘地活著。」肢體的接觸，甚至近到呼吸相聞的距離，讓李欣倫無可迴避地直面身體的殘缺。「因為要餵他們、幫他們穿衣服，是一定會碰觸到他們的。」而即便是如此近距離的接觸、凝視──「那仍是旁觀，」李欣倫強調。但她眼神的焦距從此改變了。

安寧病房的志工經驗又是另一次的衝擊。在這死生拔河的空間裡，迴盪著老人或是將死之人的痛苦哀嚎。她有種感覺：病人們都很想一死百了，自痛苦中解脫，但真正到了生死關頭，卻又沒有人甘心就死。目睹他人臨終前的掙扎與痛苦使她意識到，從前待在父親診間裡的那個小女孩，其實距離生命現場還太遠太遠了。從此，「原本潔白的世界，身邊的人都差不多的、布爾喬亞式的生活，已經離我很遠了。」她說。

## 與此身共苦

李欣倫從遠方帶回來的，還有吃素的習慣。

同樣也是在印度，她參加了一個禪修團體，供餐當然不外乎素食。回國後，她剛開始還吃點肉，不久之後，就維持著吃素的習慣到現在。在〈關於素食的幾種可能〉中，她曾如此描述：「……許久沒吃蛋，咬了一口，真能感覺某種活生生、會跳動的生命殘留的味道，接近羽毛、血、黏膜的氣味充滿了整個口腔，令我暈眩。原先想吃蛋想得不得了，但久未吃蛋的舌頭早已無法承受蛋的味道。」[1]

這不只是長年吃素者的敏感。吃素帶給她的，是可以超越自身的同理，尤其是痛感：「這是種神祕經驗。隨著時間過去，我好像越來越可以感受到動物的痛苦。那些痛雖然不是發生在我

身上，但我覺察到（牠們遭遇的）是殘忍的事情。」李欣倫向我描述了一次深刻的經驗：有一回搭公車時，旁邊就是運豬的卡車。透過玻璃窗，她看見了那些動物，豬隻身上的毛因為太陽的照耀有點發光，像是小女生的睫毛。她不禁懷疑牠們知不知道自己要去哪裡？牠們有夢想嗎？牠們知道等著自己的是殘酷的生命終結嗎？「因為可以感覺得到」，她開始閱讀動物權的相關書籍，個人經驗加上閱讀，更強化了她的信念。

　　作為十年茹素的心念，她寫成了《此身》。卡車上待宰的豬，一群擠在鐵籠子裡的雞，長跑時和體能極限拼搏的人們，在她眼中、筆下，都是平等的、分享著共同的痛與快的身體。

### 母親是痛的器皿

　　當了媽媽以後，李欣倫將目光重新投回自己的身體。她將懷孕的母體比喻作「容器」，而這器皿的容量可能超乎想像，除了盛裝新生，還滿載著疼痛與不堪。「對男性來說，這像是外星世界的話題吧。」她笑著說。《以我為器》四輯共二十三篇散文中，從結婚、懷孕、生產寫到坐月子、到身兼多職的母親生活，讀到書裡的諸般描述，我想，即使結了婚、有小孩的男性讀者通常還是難掩驚訝。

《藥罐子》，聯合文學，2002

《有病》，聯合文學，2004

《重來》，聯合文學，2009

「男人知道他的老婆曾經生過孩子，甚至曾經親眼目睹，但是他不知道作為第一主體的『女人』受這個痛苦的時刻原來是這麼漫長、可怕、難以描述的。」她也反思，即使是男性，一提到極致的疼痛，也會直覺地想到產痛，可是實際上，這個痛苦到底是什麼樣呢？因此當懷孕時，她準備要好好地體驗一下。

在閱讀媽媽手冊、育兒書籍之餘，她也開始閱讀描寫生產與育兒的文學作品，卻發現「這個經驗其實很多人有，但很少人寫。」而且作品大都短小。「這很可以理解，」她從母親，也從寫作者的角度解讀：「真的痛起來的時候是沒有辦法思考的，那太痛了。」李欣倫燃起研究疾病書寫的拓荒者精神，決心逆向操作，就專寫篇很長的，除了生產別的什麼都不講的。於是在〈踩著我的痛點前進〉中，我們跟著李欣倫一起從手肘抽痛開始，回溯、重歷了生產過程中百科全書般的大小疼痛。

「〈踩著我的痛點前進〉是在我產後一年半時寫的，距離事後的一年半再寫，其實很多事情都無法考究了。因為痛的時候你是沒有辦法寫的，而寫的時候已經距離很遠了。但我還是試著去捕捉當時腦海中的吉光片羽。」她引用佩索亞的話說：「『我們對痛的感覺就是曾經痛過。』」[2] 奇妙的是，我回想〈踩著〉一文時竟也萌生了某種類似的（假性）產痛記憶，但並不是文中特定的大大小小、長長短短的痛，而是李欣倫寫下的一段迷人的北海岸風景，赭紅的砂岩以及拍岸的浪：「生了第二胎後某天，我在北海岸的岩石上重新憶起那樣的痛……」[3]

或許生產之痛是砂岩，也是波浪；聳然存在，卻也破碎難以言說。李欣倫形容：「對母親來說，生完孩子以後，（痛）這件事就已經微不足道了。她要面對的可能是心理上更大的折磨，而不是生理的。」我想起李欣倫在〈不是旅行〉文中描寫女兒燙傷住院兩

週的心路，面對埋伏在人生道路後頭各種苦痛的狂轟濫炸，母親的確身處最前線。

「『母親』這個詞可能跟『戰爭』是很類似的。」李欣倫說。將這兩個詞相提並論不常見，但訪談至今，外星人如我，也多少明白了箇中涵義。「『母親』這個字裡頭有很多很多血淚和痛苦，指涉的意義很多，甚至需要辯論，但因為太常被使用了，大家也就習以為常。」李欣倫彷彿不吐不快。「大家都知道媽媽很辛苦，」她說，「『媽媽很辛苦』、『媽媽很偉大』這件事大家耳熟能詳，但說著說著，大家慢慢就麻木了。其實這句話裡頭是有很多細緻的內涵可以討論，例如身心上的折磨、從產痛到照顧孩子的狼狽、或面對孩子生病的痛苦等等。」誠然，《以我為器》不只是本痛之書——它說的是母親的痛，但我們往往只將注意力放在「痛」上，主詞反而被忽略了。因此李欣倫覺得最好的回饋是也身為媽媽的讀者寫了信來，感謝她寫出了她們的感受。她認為文學的價值正在於此：「就是你的感受、想法被另外一個人理解了，有時候我們會覺得路沒有那麼艱難。」她說。

《此身》，木馬文化，2014

《以我為器》，木馬文化，2017

## 寫作，以盛裝看不見的身體

從中醫師的女兒，凝視的行者，素食者，到為人母，李欣倫的書寫始終與生命的軸線並進。

在挑戰了極致的疼痛書寫之後，李欣倫顯得豁達，表示不一定

會再寫身體了。在寫了五本身體後，她覺得最難寫的不是感官，而是「看不見的身體」。一如肌肉的運作是看不見的，而文學能像是顯微鏡或是人體照相術，寫出我們沒有辦法覺知的，這正是文字迷人之處。去年，李欣倫讀了《平衡的力量》（積木文化，2017），說的是三位芭蕾舞者懷孕、生產的過程。書中有許多張照片令她印象深刻，尤其是生產的照片。一張照片是小嬰兒的頭從媽媽下體被拉出來的瞬間，李欣倫在閱讀時心想，這張照片表達得好清楚，表情分明，但是要怎麼把它化為文字呢？「那個細緻的記憶得用想像加上文字，像是蓋房子一樣重新建築起來。文字如何扮演這種攝影機、照相術，不但要捕捉，還要放大，甚至放大到每一個組織和纖維都歷歷分明，才是困難之處。」而這種極端個人的經驗要形諸文字，「必須經過一段時間重新檢視、咀嚼與總結生命。」

目前，在完成《以我為器》這樣精密的生命攝影後，她想暫時留給自己一段空白的時間。

身兼寫作者、老師、妻子、媽媽、女兒，每個身分李欣倫可能都只能兼差二十分鐘，接著就得快速切換下個工作，寫作似乎成了奢侈。她曾幻想過或許可以找間小套房、小房間閉門寫作，但「自己的房間」終究是空中樓閣。既然如此，李欣倫調適得宜，她希望家中每個空間都是自己的房間。她訓練自己無論在哪裡，坐下來就可以做想做的事，說想說的故事。《以我為器》也是在這樣的兵荒馬亂下完成的。書完成之後，她的家又恢復成「媽媽的房間」、「小孩的房間」、「工作的房間」，唯有「寫作的房間」，她很同意同為母親的作家林蔚昀所說的[4]，那像是個一打開就會彈出來的魔術空間，就算身在無比混亂的地方，只要打開了那個房間，就可以專心地、安心地寫。

一路寫來，李欣倫的凝視由遠而近，文字由濃烈而淡雅，她始終用散文這最透明的容器，盛裝最真誠的身體，以及情感——最濃烈到淡靜的歷程。「我寫《有病》的時候應該是最有火氣的。一直到生完產帶小孩，火氣都被磨光、麻木了，所以火氣越來越小了吧。」李欣倫笑著總結。

### 編註

1　李欣倫，〈關於素食的幾種可能〉，《此身》，2014，臺北：木馬文化，頁104。

2　李欣倫，〈踩著我的痛點前進〉，《以我為器》，2017，臺北：木馬文化，頁61。

3　李欣倫，〈踩著我的痛點前進〉，《以我為器》，2017，臺北：木馬文化，頁80。

4　林蔚昀，〈母親這個容器——作家媽媽的二重奏〉，2017年10月30日，《香港01》週報，網址：https://goo.gl/EGyzzB。

### 李欣倫小檔案

靜宜大學臺灣文學系副教授。寫作長期耕耘身體、醫病、動物倫理等主題。曾出版散文集《藥罐子》(聯合文學，2002)、《有病》(聯合文學，2004)、《重來》(聯合文學，2009)、《此身》(木馬文化，2014)、《以我為器》(木馬文化，2017)。

### 作者簡介

羅士庭。花蓮人。東華大學華文所創作組畢。山豬與孩童的好朋友。

# 自縛之繭——致P

撰文
梁燕樵

書籍封面提供
木馬文化

《出走》
艾莉絲·孟若／著
汪芃／譯
木馬文化

　　為什麼有些疼痛無法過去呢？有些疼痛是一次性的，它們過去之後，就會結痂。有時，據說在疼痛的傷害過後，那個部位就會變得比原本更加強壯，也更不容易受傷。

　　如果說有些疼痛是無法過去的，那麼其中一種，也許就是像艾莉絲·孟若在《出走》中描述的：「有根要命的針，插在肺裡，只要小心呼吸，就不會感覺到，但每隔一陣子，她得深呼吸，便會感覺到那針仍扎著。」

　　因為從未拔去，所以從未過去。但，這根針是從哪裡出現的呢？

　　在閱讀《出走》的諸篇故事時，你幾乎很難描述，造成最終那種籠罩一切、難以碰觸、使人彷彿窒息之失落的事件，確切來說

究竟是什麼。這裡存在一個關鍵之處：相較於那些可量測的、理應更具影響力的事物，女主角們所茲茲在意的，往往是個乍看起來相當奇怪，或者，套用某篇故事中反覆形容的──「一件小事」。

她們無可理喻的糾結於此，而這種旁人難以理解的執著，往往就是造成最後那劇烈失落的根本源頭。

要理解這點，你必須知道：在過去與未來間存在某種聯繫，而每次前行，都意味著對過去的重新整理。在當下之既有狀態遭到打破的時候，它就像階梯，我們得以踩踏其上走向新的可能。但孟若筆下的角色往往並非如此，基於某種內在的脆弱、某種外援的缺乏，她們的力量，僅僅足以讓她們做出一次選擇，而後便全然失去繼續行動的能力。

因此，原本不過是小小的困境而已，不過是小小的、刺激你成長的戳弄而已。但當它降臨在女主角身上的時候，她們不是迎上前去，而是往後回縮，回到過去──永恆的、錯誤的「那一刻」。「那件小事」在那裡反覆發生，提醒著她們：是妳犯下的錯誤造成如此局面的。尖針即誕生於此，發現時已深刺體中，而她們在痛苦之下再也不願掙扎，甚至不惜吐出堅牢的絲，將自己縛在原地。

因此她們便永遠停滯在那裡了。所謂「出走」實則寫的往往是出走的失敗。她們跨出一步而又逃避，逃避後又將自己拽回。在這無限的循環中，便產生了無可釋然之痛。但她們是否知道呢？──或許更好的做法，是把針拔出，讓血流下？

# 小小書房的新書導覽！

撰文

沙貓貓（小小書房店主）

《無可撫慰》
石黑一雄／著
劉曉米／譯
新雨出版，2018

**文學類**

　　拜諾貝爾文學獎之賜，石黑一雄的書，繁體譯本總算是到齊了。目前，除了原先曾由皇冠出版的《群山淡景》（*A Pale View of Hills*，1982）、大塊出版的《我輩孤雛》（*When We Were Orphans*，2000）已經沒有新書流通之外，一直未能翻譯出版的《無可撫慰》（*The Unconsoled*，1995），今年也順利地由新雨出版。

　　《無可撫慰》原書有五百多頁，出版以來評價相當兩極──要不就是上乘的藝術之作，要不就是作家的大敗筆。石

黑一雄的小說，雖然每本談的主題都不同，但他擅長滲入人們記憶之扭曲、錯置、喪失，或者不可靠之處，而《無可撫慰》，則是他對於「記憶」這個主題最為強烈、迷戀之作。

主角萊德（Charles Ryder），同樣也是一個「不可靠的敘事者」，而這也是石黑一雄最擅長運用的敘述手法。這是一個像夢一樣、奇怪又荒謬的故事：舉世聞名的鋼琴家萊德，在漫長的飛行旅程中，終於抵達一個歐洲小鎮，來到一間旅館，然後，就開始他一連串奇異的遭遇。

首先，他遇到的每個人，都會興奮地提醒他，歡迎他為了「星期四之夜」（顯然是一個音樂演奏會）來到這裡，但後來我們才發現，我們不太清楚，他到底來這個音樂會的目的是什麼；接著，他遇到的鎮上的每一個人，似乎都被自己的某些過去所綑綁，都對他有個「小小的請求」，請他幫「小小的忙」，請求他，協助他們一起去面對那個「過去」。於是，他不停地被拉入、捲入各式各樣非常非常小的事務漩渦裡。

他總是睡不飽，躺下沒多久就被電話聲吵醒。為了履行一個個的承諾奔走，然而，他前一個承諾都還沒有完成，就又被捲入下一個場景與事件中。萊德先生不停地被拖著往前走，而讀者我們，只能跟蹌地尾隨他——他的無可奈何、疲憊、他未能履行承諾的、失憶的悔恨、對於各種越形逼近他的日常，他的恐慌與不得喘息……都讓這本小說從內部膨脹起來。無法紓解、無可撫慰、無法獲得解答的各種謎題，像理不清的毛線般，纏繞在萊德先生身上。在這些糾葛的線團之中，閃現的記憶斷裂與虛構之處，是人與人之間不停堆疊的誤解與疏離，讀者會強烈地感受到，這個古老的城鎮因為這些誤解與疏離，因為缺乏出口，由內，逐漸崩解中……

《檔案：一部個人史》
提摩西・賈頓艾許／著
侯嘉珏／譯
印刻出版，2018

因為《終結冷戰：一個被遺忘的間諜及美蘇對抗秘史》（八旗文化，2017）的啟發，我開始成為諜報相關書籍的書迷。跟諜報小說相較，諜報歷史相關書籍，較多關注在歷史脈絡的梳理、政治面的對峙過程、情勢分析等等，等於從檯面下去觀看檯面上的政治運作與國際情勢，讓我很著迷。

諜報歷史書切入的角度亦非常多樣，以間諜故事為核心的；或是以諜報組織作為軸心，談世界幾個「知名」的諜報組織所「經手」的大案件；或是反過來，以知名案件為主，帶出諜報組織與間諜之間的交手……等等，但《檔案：一部個人史》，是諜報類書籍未曾有過的「新取徑」──不是從間諜那一方，而是從被監視的這一方。你可曾經想過，有一天，會在國家檔案館的資料裡，瞥見自己的人生紀錄，並且，鉅細靡遺到以分、以時作為刻度？

提摩西・賈頓艾許（Timothy Garton Ash），一九八〇年代曾經到東柏林的洪堡大學研究，在這段期間，他受到東德國安部（Ministerium für Staatssicherheit，簡稱 MfS，俗稱「史塔西」，Stasi）的監視，但他並不知曉。東德垮臺之後，數百萬人跟國家申請查閱「史塔西」的資料，想要得知當中是否有自己的檔案。就在這種情況下，研究「第三帝國時期柏林市民日常生活」的賈頓艾許，自然不會放過這個機會。

於是，一方面身為歷史學家，他要爬梳這一段時期的東德歷史；

一方面，在官方紀錄裡，他讀到了自己的私人過往——只是，紀錄裡，以「代號」稱呼：幾點幾分，「代號」跟誰碰面、去哪裡、吃什麼、穿何種衣服，在路上買了什麼……二十多年前的往事，而自己甚至已經幾乎想不起來，官方紀錄中與你碰面的那一個人，究竟是誰——時間久遠到你必須回頭去翻閱日記兩相核對，才能憶起些許：「史塔西的觀察報告、我個人的日記——我人生中同一天的兩個版本。一邊是祕密警察冷眼旁觀下所描述的『目標』，一邊是我個人主觀的、影射的、情緒性的自我描述。這份史塔西檔案可真是獻給回憶的一份大禮，遠遠好過於法國意識流作家馬賽爾‧普魯斯特《追憶似水年華》中的瑪德蓮蛋糕。」（頁 27）

雖然賈頓艾許試著想要以幽默的口吻描述這件事，但，你可隱隱聽見，從中透出的恐懼呢？

《全員在逃：一部關於美國黑人城市逃亡生活的民族誌》
愛麗絲‧高夫曼／著
李宗義、許雅淑／譯
衛城出版，2018

### 人文社科類

關於美國黑人的惡劣處境，影響我最大的書，是《泰利的街角》（群學出版，2009），作者 Elliot Liebow 於 1967 年出版的博士論文，是影響民族誌「參與式觀察」非常重要的書。此書同樣以「參與式觀察」為研究方法，出版時間與「泰利」相距四十七年，這段時間，美國關在拘留所與監獄裡的人數增加五倍，多數來自貧窮與隔離的的黑人社區。黑人處境，幾乎全面性地惡化：「黑人占美國總人數的十三％，但卻占了坐牢人數的三十七％。美國年輕黑人中，每九人

就有一人坐牢，[...]貧窮的年輕黑人被送進監獄的比例真的很驚人：學歷在中學以下的黑人，大約有六○％在三十五歲前都曾入獄。」（頁3）

難道美國政府毫無作為嗎？恐怕也不是。美國黑人的公民權利從美國種族隔離政策（Jim Crow）廢除以來確實有所提升，不過，美國政府針對所謂的「高風險犯罪區域」進行全面、嚴密的監控，以至於某些特定族群的日常生活毫無隱私可言，凡事都會被犯罪化。

此書的作者愛麗絲‧高夫曼（Alice Goffman），其父是知名的社會學家厄文‧高夫曼（Erving Goffman）。愛麗絲‧高夫曼大學時在學校餐廳打工，偶然成為黑人同事蒂娜的家教，她便以蒂娜家族為核心，在費城黑人區進行六年的田野觀察，甚至直接住進第六街。在2014年所繳出的這本博士論文，獲美國社會學會頒獎，也受主流媒體的肯定。不過，隔年，爭議的聲音開始浮現，首先有長達六十頁細數此份報告內容多處不實的匿名投訴信，使高夫曼所屬的大學成立調查委員會查證（後認定指控並不確實）；接著，有學者質疑書中的問卷調查數據不真實、法界人士撰文質疑她明知道報導人欲尋仇報復，還開車協助……等等，雖然她皆出面一一回應，但風波卻未能平息。

即便有這些爭議存在，這本書所開展的研究依然可觀。它揭露了美國的刑事司法系統如何擴張、深入這些特定區域的各個角落，讓生活在其中的人，很小就要學會察看危險、避開風險。在這樣的街區生活，你的人生無法進行長期的規劃，因為你很可能一不小心就大難臨頭；如果你的朋友或親人有犯罪紀錄，你也得把自己跟他們的關係撇得一乾二淨。

相較於多本書寫邊緣群體的研究，讀者或許不難發現，這部作品所使用行文風格的戲劇性相當強烈，在導讀裡，臺灣大學社會系助理教授黃克先，於此有精彩的分析與解說，非常推薦。

《昆蟲誌：人類學家
觀看蟲蟲的26種方式》
修·萊佛士／著
陳榮彬／譯
左岸文化，2018

**科普類**

　　原書名"Insectopedia"亦即「昆蟲百科」，以A到Z二十六個字母為書目排序。乍看之下，會以為作者乃是以昆蟲的學名順序，一字母一昆蟲這樣的方式書寫。直到你翻開目錄時，你會發現修·萊佛士（Hugh Raffles）的字母篇名非常詩意：

K…F…D C B A
KaFka 卡夫卡
Fever/Dream 發燒／作夢
Death 死亡
Chernobyl 車諾比
Beauty 美
Air 天空

　　這些，跟昆蟲的關係是什麼呢？

　　A的「天空」（Air），寫的是「高空昆蟲學」。過往研究昆蟲通常都在地面進行，然而，1926年，美國昆蟲與植物防疫局為了預測蟲患，針對吉普賽舞蛾與棉鈴實夜蛾展開調查，決定以飛機收集昆蟲，以了解它們的遷徙方式。之後，五年內超過一千三百次的高空研究，他們發現了昆蟲在空中的活動範圍極廣、數量龐大，從六公尺到四千六百公尺處皆有，此為「空中浮游生物」現象，有些乃因高層氣流被迫移動，有的則是主動遷徙。在經歷半世紀的研究，學者認為數以百萬計的昆蟲乃是為了尋找新居而移動——

即便，那會付出相當代價。萊佛士在章末提問：「一旦知道昆蟲向來就是如此不斷移動、散佈與遷徙，距離或長或短、難以阻攔，我們還能把牠們視為侵擾人類的害蟲嗎？」（頁20）

或是，在C的「車諾比」（Chernobyl）這章，他以一位科學插畫師柯妮莉雅·赫塞—何內格（Cornelia Hesse-Honegger）的作品與故事作為軸心，說出一個微小世界裡驚心動魄的事件。柯妮莉雅三十年來只畫一種金黃色與綠色的小昆蟲，叫做「盲蝽」（leaf bugs）。她用雙目顯微鏡將小蟲放大八十倍，精確地把小蟲身上的細節都畫下來。至於，為何她會單挑這種昆蟲來畫，她說了一段不可思議的話，她感覺到跟這種生物之間，「有一種密切無比的關係，就好像她自己有可能也曾是那種生物，一隻盲蝽，『而且身體還記得歷經的那一切。』」（頁28）繪製這些昆蟲數十年，她發現盲蝽的數量開始減少，也陸續發現畸形種，當車諾比事件發生後，她前往歐洲落塵最嚴重的地區採集樣本。她透過顯微鏡畫了十七年的這些小昆蟲，每一寸她都熟悉得不得了，但在這些污染區裡的盲蝽，「除了身上斑紋的變化以外，其他變化都是不正常之處。」（頁34）人類眼睛所看不見的，在這些昆蟲身上，皆無所遁形。

作為昆蟲的博物誌，萊佛士從各種不同的知識取徑進入有關昆蟲的一切，無論是它的生態、演化、在人類生態裡的位置、交織史、與環境生態的關係與彼此影響、它們在文學以及廣泛領域的藝術世界的歷史、蟲之書……等等，你也可以將之視為少見的跨物種民族誌──而這乃是萊佛士在書裡重複強調的，我們是這大千世界裡的一員，而比我們更為古老的昆蟲，自然亦是。

《歡樂之家：一場家庭悲
喜劇》、《我與母親之間：
一齣漫畫劇》
艾莉森‧貝克德爾／著
葉佳怡、劉文／譯
臉譜出版，2018

這兩本書，前者談父親，後者談母親，二本出版時程相距七年，創作時程亦差距五年以上。《歡樂之家》在臺灣曾於2008年出版，《我與母親之間》則是首度翻譯出版。熟悉《歡樂之家》的讀者，應該會非常驚異，在多年之後，艾莉森‧貝克德爾（Alison Bechdel）在「母親」這本傳記裡所經歷的路──一條漫長的、與母親之間的糾葛情結、憤怒、割裂以及獨立之路，然而，這些敘述，許多是以心理分析式的方式進行，而非只是「實際生活」的。

在《歡樂之家》裡，艾莉森‧貝克德爾描繪了一個奇異的家庭形狀：父親買了一棟復古的、巴洛克式的老屋，從貝克德爾的童年開始，她的父親就不停地親力、一點一滴地修復這幢老屋，她的父親是英語教師，母親是演員，父親在她二十歲時自殺，也是從這裡開始，她回頭去追溯關於父親的一切：他，其實是一個同性戀，在她父母的那個年代，「同性戀」是一個令人恐懼的身分，是一個，連她的同性戀父親自身都無法認同的存在。當貝克德爾試圖去回憶、書寫這些家族紀事時，等同於也將自己與母親、家人，置身於「亟欲遺忘」的不堪過往之中──書寫父親往事所造成的衝突，則會出現在「母親」那本。

在「父親」這本，貝克德爾所爬梳的，是她後來發現自己是女同性戀者，她的性啟蒙、焦慮、強迫症，以及，與隱藏自己亦是

同性戀的父親之間的點滴：對於文學的共同熱切喜好、她出櫃之後與父親的交談、信件往返，她母親對於自己先生「同性戀醜聞」的反應⋯⋯等等，在貝克德爾的回憶之中，她的「父親」，與刻板印象中的父親形象迥異——他過於纖細、極度敏感，擁有無數的書、喜愛閱讀，對文學作品熱衷投入。

《我與母親之間》，則是一趟漫長，超過十幾二十年的心理分析、精神分析之旅，集中於處理她與母親之間的依賴、認同情結、主客體之間的問題。從青年時期發現自己是女同，開始閱讀女性主義、性別理論相關書籍，到閱讀心理學、精神分析相關的書，貝克德爾想要找尋出口的意圖非常強烈。她描繪與心理分析師的會面、談話、思考，文學的、心理學的閱讀筆記與自身的連結，回溯童年到青年的成長過程中與母親之間的種種事件；決定寫一本關於「父親」的書，因而與母親之間的衝突、離齟與和解⋯⋯

她在書裡寫道，與父親之間的連結是文學作品，而與演員母親，則是戲劇——她的母親是個演員，但也曾經因為結婚生子，放棄了演藝事業。在接受心理分析、精神分析的過程裡，貝克德爾接觸了溫尼考特（Donald W. Winnicott）的理論，接觸了愛麗絲・米勒（Alice Miller）的理論，《我與母親之間》裡描述的諸多夢境都讓我倍感暖心——當你看見自己喜愛的精神分析師的作品，被運用在創作者自身的生活、成為其存在的一種支持，會湧上的一股從心的喜悅。

貝克德爾在這兩本書裡，給出了關於家庭、關於父母，關於愛與死亡，她從自身與創作裡的探索與經歷，非常珍貴的兩本作品。

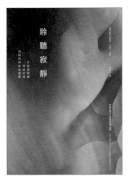

《聆聽寂靜》
厄凌・卡格／著
謝佩妏／譯
大塊文化，2018

從北國回到臺灣的那一年，因為跟我一起回來的貓，需要在臺中檢疫三個禮拜，當時，我常常借宿東海大學附近朋友的租屋。朋友的租屋處幾乎像個廢墟，有個小院子，擺了兩張破椅子，沒有去看貓的時光，我跟朋友常常就一人坐一張，鎮日坐著，不交談，也不做任何事，看著眼前的光影移動，慢慢的，暗影蝕去所有的空間，接著，在黑暗裡，聲音占領一切，卻又如此寧靜。

年輕的時候我發現，在巨大的噪音或者強大的音牆裡，我可以找到非常、非常平靜的所在；相對的，在寂靜的空間裡，周遭的聲響會被放大，倘若你放開身體的感官，便能夠聽到各種奇異的聲音。

開書店之後，在引導寫作課裡，我曾經給過幾門的學員一個很簡單的題目，但是對於絕大部分的學員來說，卻是最難的題目之一：找一處你覺得放心的位子，用你感覺最舒服的姿勢坐著，但不能睡著，什麼事都不用做，就坐著，十五分鐘。十五分鐘之後，再進行我所交辦的下一個功課。

學員回應我，太痛苦了，什麼都不做，時光漫長得令人難以忍受。《聆聽寂靜》這本書跟這樣的練習有點類似，讀來令人浮想聯翩。它不是只談聲音，或者寂靜之書，它其實要談的是我們所缺乏的一種能力：聆聽寂靜。或者，單單只是與寂靜共處，在一切處於高速移動、萬物碎裂的現代，便是一件困難的事。

寂靜為何重要？何謂寂靜？寂靜何處可得？為了回答這三個問

題，他進行了三十三個探索：「我相信每個人都能夠發掘內在的寂靜。它一直都在，即使噪音不絕於耳也是。海洋深處，重重波浪和漣漪之下，內在的寂靜就在那裡。站在蓮蓬頭下讓水沖下腦門、坐在畢剝作響的火堆前、游泳橫越林中湖泊、徒步穿越原野，凡此種種都可以是完美寂靜的體驗。」（頁32）

厄凌・卡格（Erling Kagge），是一個探險家、登山家、作家、出版人。他是獨自徒步穿越南極的第一人，也是抵達「三極」（南極、北極、珠穆朗瑪峰）的第一人。因此，在書裡，他會談到他本身的經歷、生活經驗，他對於寂靜的探索。他不是教你尋找寂靜要去南極，要去打坐、靜修，或者為自己特別打造一個什麼樣安靜的空間，而是從生活、人生的各種狀態去接近寂靜，理解它是什麼，為何你躲避它、接受它、排斥它、聽不見它⋯⋯

它跟我們自身的心靈狀態有關，也跟我們的生活方式有關。這三十三篇短文，我想會給你許多的啟發與共鳴。

《草莓》
新宮晉／著
林真美／譯
玉山社，2018

## 童書類

通常，我會說，某本繪本好可愛、好喜歡，某本繪本超好笑，如何如何，但我很少會說，這本繪本讓我驚艷，而且，可以說是超越驚艷這兩個字。

它應該是一本圖像詩集。是一首標題雖然是寫草莓，但是它畫出的、寫出的是生命、存在，一首呈現「一物一宇宙」之詩。

不過，這絕對是一本童書，而且是幼幼書。它圖像表現非常簡約，像是要告訴剛剛接觸這個世界的孩子們，什麼是：葉子、蔓荊、雪、星辰、花朵、蜜蜂、草莓。一切，都非常具象，沒有任何模糊之處。

　　然而，最厲害的創作者，可以在如此具象、非常寫實的圖像上，與文字搭配，創造出詩意的空間。

　　而它的書名，也只有《草莓》單單純純的兩個字；封面也是，就一顆草莓。通常，這種型態的繪本，我會略過不讀；然而，只有完全鮮紅色的封皮設計，透出一點不太一樣的氣息，於是我決定翻開它。

　　由於我翻開它了，草莓與我之間，產生了絕對的質變。

　　新宮晉的《草莓》，就像是佛朗西斯・龐奇（Francis Ponge，或譯弗朗西斯・蓬熱）的詩一樣，如卡爾維諾所說，他的詩，如何「自事物出發，回返我們身上時有所改變，含帶著我們加諸在事物上的一切人性。」（《給下一輪太平盛世的備忘錄》，時報出版，1996，頁104）。因而，你便能夠期望，與這本繪本「詩」相遇的幼小的心靈，能夠透過這顆草莓，看到生命、看見存在，看見宇宙。

# 痛書單

《哀悼日記》
*Journal de deuil*
羅蘭·巴特／著
劉俐／譯
商周出版，2011

《長歌行過美麗島：
　寫給年輕的你》
唐香燕／著
無限出版，2013

《戰爭沒有女人的臉：
　169個被掩蓋的女性聲音》
У войны не женское лицо
斯維拉娜·亞歷塞維奇／著
呂寧思／譯
貓頭鷹出版，2016

《週期表：
　永恆元素與生命的交會》
*Il sistema periodico*
普利摩·李維／著
牟中原／譯
天下文化，2016

《無法送達的遺書：
　記那些在恐怖年代失落的
呂蒼一、胡淑雯、陳宗延、
楊美紅、羅毓嘉、林易澄／
衛城出版，2015

《背離親緣：那些與眾不同的孩子，
他們的父母，以及他們尋找身分
認同的故事》兩冊套書
*Far From the Tree: Parents,*
*Children and the Search for Identity*
安德魯・所羅門／著
謝忍翾、簡萓靚／譯
大家出版，2016

《關鍵音：沒有巴哈，
我不可能越過那樣的人生》
*Instrumental A Memoir of*
*Madness, Medication and music*
詹姆士・羅茲／著
吳家恆／譯
新經典文化，2017

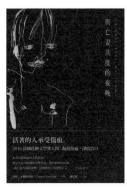

《與亡妻共度的夜晚》
*La nuit avec ma femme*
塞繆・本榭特里特／著
陳思潔／譯
大塊文化，2017

《我有破壞自己的權利》
나는나를파괴할권리가있다
金英夏／著
薛舟、徐麗紅／譯
漫遊者文化，2018

《生命的測量》
*Levels of Life*
朱利安・拔恩斯／著
顏湘如／譯
麥田出版，2018

《當我參加她外公的追思禮拜》
廖梅璇／著
寶瓶文化，2017

# 告別好萊塢，
# 返鄉挖掘老漫新意——
# 比利時「活力地窟」漫畫書店

採訪、撰文、攝影
林莉菁

　　比利時面積比臺灣稍微小了些，國內法語與荷語兩大族群合計起來人口約臺灣一半，但在歐漫界名氣可不輸隔壁二十倍大的法國，不少著名漫畫家與出版社均來自比利時，國人熟悉的藍色小精靈卡通（Les Schtroumpfs）就是改編自比國著名漫畫，史帝芬・史匹柏（Steven Spielberg）的3D動畫片《丁丁歷險記》（The Adventures of Tintin，2011）同樣是比國名家作品。比國首都布魯塞爾有國家漫畫中心（CBBD）、漫畫書店與漫畫藝廊，極盛時期甚至出現過漫畫書店街。

　　比國朋友知道我從事漫畫創作與觀察寫作，遂帶我去參觀布魯塞爾一家小店。它距離著名的大廣場與尿尿小童像（Manneken-Pis）不遠，座落在中央車站附近典雅的波提耶舊書城（La Galerie Bortier）內，主要販售古早的法語漫畫及漫畫研究專書。朋友看了直搖頭，覺得這樣的店鋪理想性雖高，即便比利時有悠久的漫畫傳統與多樣的漫畫閱讀人口，可能還是難以生存下去。

活力地窟地下室擺滿了過去德老闆「第二口氣」漫畫書店的庫存書籍。

　　我後來有機會再訪這家書店，才多少領略為什麼愛穿卡通T-shirt的老闆菲利浦・卡帕（Philippe Capart）為這家店取了個帶點宗教意味的名字──「活力地窟」（La Crypte Tonique）。

### 告別好萊塢返鄉開店，搶救老漫畫期許新生

　　「活力地窟」一樓店面如歐洲坊間麵包店般小巧樸實，室內整體刷上白漆，不僅販售古早漫畫與漫畫研究書籍，也開闢當季主題刊物區。我2014年秋天造訪時，書店主題鎖定懷舊成人通俗漫畫。靠近街道的櫥窗內掛著當年刊物封面翻攝的大型海報，骷髏怪人綁架全裸美女的構圖當年大概吸引不少男性讀者目光。室內並展示十來本原版漫畫小冊，還有一套比利時書迷費心整理的出版品目錄。

　　走下階梯，小店地下室書架上擺滿了法語老漫畫，略顯昏暗的燈光下，我們彷彿瞬間穿越時空，回到當年法語漫畫出版品的輝煌時代。我問老闆這裡究竟收藏了多少本漫畫，他說他只記

訪問當天，菲利浦與漫畫同好正在討論漫畫。

得當初運送這批書籍時動用了倉庫中二十個運貨用棧板（palettes），放眼望去，儼然一座沉默的漫畫彈藥庫。

「活力地窟」那批舊書其實是一九八○年代布魯塞爾漫畫書店「第二口氣」（Le Deuxième souffle）老闆德利列（Michel Deligne）的店內庫存。菲利浦還在比利時著名的拉崗珀藝術學院（La Cambre）念動畫時，三不五時會去德老闆書店閒逛，德老闆店裡不只有較為人所知的丁丁漫畫雜誌，還有連環照片小說（roman photos）或插畫小說（roman dessiné）、小開本通俗漫畫、一九六○至一九八○年代的電影雜誌……等各式各樣的圖文刊物。德老闆主要依據自己欣賞的主題進書，他並不會盲目地跟著潮流走。菲利浦笑說，德老闆喜歡二戰相關事物及武器，也是美國西部片迷，書本封面基本上只要有牛仔圖樣，他就會考慮進貨。

菲利浦畢業後隻身闖蕩好萊塢動畫圈，洛杉磯住所掛著購自德老闆書店的比利時漫畫家波維爾（Georges Beuville，1902-1982）圖稿，這張懷舊漫畫線條與構圖之美，是他在好萊塢快節奏生活中的心靈慰藉。

德老闆書店生意後來逐漸走下坡，菲利浦當時也正好結束好萊塢動畫公司工作返國，他曾試著幫忙穩住局面，但仍難以力挽狂

瀾，書店關門大吉。2011年德老板書店庫存遭法拍時，菲利浦在家人協助下得以買下這批漫畫，開了「活力地窟」漫畫書店。

德老闆的「第二口氣」書店被一些漫壇人士認為地位如歐漫廟堂，知名歐漫媒體ActuaBD總裁帕薩慕尼克（Didier Pasamonik）也在布魯塞爾開過漫畫書店，他認為德老闆的書店堪稱布魯塞爾第一家漫畫博物館。基督教教堂通常會有一處地下空間，如地窟一般，聖者或神職人員能在此長眠，而菲利浦用德老板書店庫存開設的小店名為「活力地窟」，從輝煌的殿堂轉為大隱隱於市的地窟，多少蘊含傳承德老闆精神的意味，持續傳播德記書店與古早漫畫帶給他的感動。

**出刊探索視覺藝術，向年輕世代介紹老漫新意**

德老闆的庫存書雖停格在一九八〇年代，菲利浦藉此另起爐灶，除了賣書兼舉辦小型展覽外，也定期出版「活力地窟」圖文研究季刊。他定期召集各方人馬，選定主題，希望建立起與讀者的對話空間。他爬梳德老闆庫存，從中尋找專題靈感，希望賦予這批庫存新生命，讓年輕世代能領略到這些舊書中的新意，不單單是老掉牙的陳舊之物。

活力地窟所在的波提耶舊書城。

活力地窟老闆菲利浦於店內擺設書籍。

　　據菲利浦觀察，其實早年比利時有些漫畫書店就同時從事出版，十九世紀起因為分工更趨細密，編輯才獨立成一門專門行業，因此，書店兼作出版並不是現代才有的情況。布魯塞爾也出現過這類書店，前述的歐漫媒體總裁帕薩慕尼克與德老闆的書店都曾兼做出版，後者曾發行約三百本書，其中也包括菲利浦自己的漫畫作品。

　　聽菲利浦這麼說，我想起法國大城里昂（Lyon）知名的漫畫書店 Esprit BD，他們也會定期出版漫壇新人的作品合輯，讓尚未在出版社旗下出版個人作品的新人有發表平臺。比利時海港大城安特衛普（Antwerpen）的長青漫畫書店 Mecanic Strip 也同樣出版過當地新人作品。這些獨立書店提供了在地創作新鮮人發表的園地，雖然規模可能無法與出版社相提並論，但多少增加新秀被外界看見的機會，鼓勵創作意涵大於做生意。

　　「活力地窟」所發行的雜誌，主題觸及漫畫等各類敘事性圖像。撰文者從十八歲到八十歲都有，主題不限定在傳統的法國與比

利時漫畫，也跨足日本或阿根廷等地。漫畫也不是這本雜誌觸及的唯一領域，雜誌第一期就以默片為題，菲利浦說，只要是敘事性圖像作品，他都很感興趣。有機會的話，他也考慮出版外國懷舊漫畫復刻版，也曾與日本漫畫家松本かつぢ（Matsumoto Katsuji）後人洽談合作計畫。

頂著比國知名藝術學院畢業生與好萊塢名動畫公司分鏡師等經歷，菲利浦認為，看似老掉牙的法語懷舊漫畫其實還是有很多地方值得學習。他曾與比利時國立漫畫中心（CBBD）合作，介紹比國著名漫畫「俏空姐娜塔莎」（Natacha）作者瓦特利（François Walthéry）。他認為這位資深漫畫家擅於掌握畫面速度感與鏡頭剪接手法，不光只是會畫賣座的電眼空姐而已。他的雜誌也曾以十九世紀至二十世紀比法媒體中的黑人刻板印象為題，藉此回過頭來勾勒出當時白人族群的愚昧無知。二戰時的比利時被納粹德國與親德勢力統治，當時的比國漫畫家如何在這樣的時局中創作，也曾是「活力地窟」雜誌專題。

看到書店地下室龐大的藏書，我問老闆是否考慮將這批書轉手給漫畫博物館一類的機構處理。菲利浦表示，每個人與每個團體或組織對漫畫各有其定義與定位，像比利時漫畫中心那樣的官方機構不見得會欣賞與保存德老闆的庫存，他乾脆自己下海來保住德老闆這批書。

**透過實體書店和紙本雜誌，和讀者面對面交流**

「活力地窟」店鋪所在的舊書商場古色古香，房東就是布魯塞爾市政府，租金雖然比民間便宜一點，仍是一筆不小的開銷；而每季所發行的刊物，雖然拿過比國政府補助，為了保持運作獨立性，還是希望純靠營收自給自足，不希望因為要拿補助而

得看官方臉色行事。雜誌銷售通路方面，目前大都藉由參加比利時與法國漫畫節擺攤與店面販售，只有比國資深漫畫家古維里耶（Paul Cuvelier，1923-1978）舊作復刻版透過傳統的實體書店通路流通。

菲利普把實體書店與紙本雜誌當成溝通理念的工具，也如同一家小型媒體。雖然他的雜誌主題不一定扣緊當前趨勢，但讀者彷彿來到他的私人沙龍與他交流。身為一個創作者，他覺得他必須做這件事。他還是會把德老闆的庫存書一一售出，但他不希望賣給收藏家，而是一般讀者。書本不會成為被個人收藏把玩的貴重物品，而是藉由閱讀帶給讀者興味的開放載體。

在每期刊物中，菲利浦總懇切地希望讀者能來店裡面對面交流，如果對雜誌內容有所不滿，也可當面溝通，他自己比較不習慣只透過網路交流。當筆者在漫畫節或店面遇到菲利浦時，稍微有點年紀的讀者確實很高興能跟老闆當面討論，可是網路世代或許更希望能透過網路交換意見，較為快速。

近來比利時與法國出現不少漫畫專門書店，有的專賣日漫，有的專賣歐漫，菲利浦認為這樣的分工過於精細。他自己比較喜歡像德老闆那樣的綜合型圖文書店。他本身跨足動畫與漫畫，看到有些動漫界創作人與讀者／觀眾只停駐在自己熟悉的領域，對其它事物不感興趣，他覺得相當可惜。

**呵護螢光般微弱的夢想，傳遞微小而頑固的火種**

我造訪書店時，菲利浦正與一位漫畫同好研究雜誌下期主題。雜誌編務近來可能會暫停一陣子，等菲利浦把手上一本漫畫書畫完後，再重新啟動編務工作。

曾聽同業說過，漫畫研究書籍並不像漫畫那樣好賣。頂著一頭亂髮的菲利浦繼續在熙熙攘攘的比京高級地段呵護著一個螢光般微弱的夢想，我不知道能撐多久。這道火光微小而頑固，也許在它熄滅之前，可以如當年德老闆一樣，將火種傳播到另一個熱血的年輕人心中，在他們心底開啟一個又一個「活力地窟」，引領更多人欣賞各式各樣的藝術創作。

**書店資訊**

「活力地窟」漫畫書店
地址：16, Galerie Bortier, 1000 Brussels, Belgium
書店網站：http://www.lacryptetonique.com
臉書粉絲頁：https://fr-fr.facebook.com/crypte.tonique

書店網站

2017年，菲利浦於台中國際動漫博覽會講座紀錄：
https://www.youtube.com/watch?v=jgWOi8Zl84E

講座紀錄

作者簡介

林莉菁
屏東人，臺大歷史系畢，曾修讀插畫家陳璐茜課程，後從事插畫創作。
1999年赴法求學，先後就讀法國安古蘭藝術學院漫畫組與炮提葉動畫導演學校。
2007年入選法國安古蘭國際漫畫節新秀獎，2008年於俄國Boomfest漫畫節獲獎，2010年參與Taiwan Comix團體創立，TX合輯第一冊成為臺灣向安古蘭國際漫畫節正式遞出的第一張國際名片。2012年受邀規劃巴黎龐畢度中心「漫畫星球」臺灣週活動，2016年擔任屏東縣點國際3D漫畫節策展人，隔年擔任臺中國際動漫博覽會策展人。個人作品《我的青春、我的FORMOSA》（無限出版，2012），法文版2013年獲法國大巴黎區高中生文學獎，為繪本《好一個瓜啊！》（小魯文化，2014）繪圖，並在博客來OKAPI與鏡傳媒等國內媒體平臺持續發表歐洲動漫訊息。2017年在法出版第二部個人作品《Fudafuda閃閃發光之地》，現旅法持續創作中。

# 公館漫畫私倉 Mangasick ！
# 資深讀者說

書店網站

## 書店資訊

公館漫畫私倉 Mangasick
地址：臺北市羅斯福路3段244巷10弄2號B1
電話：02-2369-9969
書店網站：https://mangasick.blogspot.com
粉絲頁：https://www.facebook.com/Mangasick

**作者簡介**

**米奇鰻**
1979年生於新北市樹林區，本名梁韋靖，師大附中、成功大學工業設計系畢業，非典型的臺灣漫畫家，漫畫造型中身上踢恤是鬆領口，肩上補丁出現方向不一定，胸口和背上有個大寫的M字，尾巴是鰻魚型狀的分叉，酷愛吃雞排。
2010年赴日進修漫畫一年、2012年安古蘭國際漫畫節獨立參展、2015年安古蘭漫畫城駐村，目前嫁到日本正籌備新作《最軟東京人夫日記》。著有《毛球寶兒》( 希伯崙，2006 )、《最劣歐洲遊記：米奇鰻的貧窮旅行西班牙、法國篇》( 蓋亞，2013 )、《台北不來悔( 1-3 )》( 原動力文化，2016-2018 )，作品多次於《CCC創作集》、《Taiwan Comix》漫畫雜誌發表。

漫畫by米奇鰻，據說是本人比漫畫更有趣的作者

和店長老B在網路上已經先談好，很順利地寄賣了漫畫。

寄賣單竟然是手寫的還有插圖有種回到漫畫社團的熟悉感。

*Mangasick 寄賣*

| 刊物名 |
| --- |
| MASTERING TW IN 5 MINS |

姓名: 米奇鰻

店裡有太多有趣稀有作品，未賣出書反而先消費了。

創作人通常沒耐心跟客人解釋，但老B代替作者發聲，持續推廣這些需要介紹的另類作品……

這本是蟲洞博士的作品，用RISO印刷。

RISO是啥？

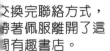

# 資深讀者奇鰻的小註釋

Mangasick我們常暱稱ㄇㄍㄒ，2013年就這樣長出來。就像音樂跟電影一樣，當看膩了流行暢銷榜，也想追求自己的壞品味！漫畫發燒友能在這找到許多獨特的作品，尤其是另類日系作品的種類十分豐富，甚至有原版漫畫能夠欣賞──說不定全臺灣就只有這邊有一本！店內也有不少成人向漫畫，四十歲大叔也能在這邊讀得津津有味。

要進入Mangasick之前，會先經過一段向下的樓梯，最後要推開一道像普通住家一樣的鐵門，感覺很像要去聽樂團表演（有時真的有音樂表演XD）。據說店長們常常會聽到樓梯間有腳步聲與嘆息卻看不見人進來──不過這並不是什麼靈異現象，而是很多人都會在鐵門前躊躇，想說這到底是什麼怪地方最後掉頭。請諸君都到這樓梯了，就鼓起勇氣走進這公館的地下時空夾縫吧！

一踏入店門會先看到展覽，這裡每檔展覽只有一個月的展期，檔期也早就排到後年去！光是這個理由就能讓人每個月去逛逛！只有對漫畫的瘋狂才能有這麼強的能量持續推出一檔檔展覽。現場還經常會展出不會收錄在新書裡的番外篇，真的是逼死書迷的現地限定嗚嗚！

在這個喜歡不一定會擁有的詭異年代，Mangasick也提供體驗式的內閱消費方式：全店藏書閱覽兩百元（附飲料）。大家是否很習慣花幾倍的錢享受吃到想吐的自助餐，卻很久沒讓自己的靈魂嚐嚐新口味了？這裡有許多叫好不叫座或是你只聽過卻沒讀過的經典等著你來發掘，私心推薦MARGINAL X 竹谷州史的《月之光》！初讀無法一次讀完，常常得闔上書看著天花板。

店長老B，是這個小宇宙的中心。聲音甜美待客親切的外表下卻有著對世界的憤怒尤其是對奧客！我非常喜歡她對客人的牢騷小劇場，舉凡偷拍、蠢問題、裝懂和打翻飲料！但她對這宇宙的愛又能讓她撐住繼續如Siri般溫柔地為客人提供漫畫知識。這種反差萌如果畫成漫畫一定超好看！請各位客人好好愛護這位身兼漫畫地縛靈+座敷童子的店長。

私心推薦作者「過去未來多提無用 / Pam Pam Liu」，我手上拿的是《她讓我感覺在太空》。太好看就不破梗，總之是本描寫性愛的漫畫但是可能絕版了。只有ㄇㄍㄒ有！而且作者是個活力無限的女孩，今年8月還舉辦「天下第一小誌交換大會」這個活動。這個冬天她也即將去法國安古蘭駐村喔。

到最後才提外觀，Mangasick一樓沒有招牌只有一盞小燈，有亮才有開，很像許多漫畫的第一集開頭，就看你有沒勇氣像主角一樣踏進去。這麼低調也是希望過濾掉一些磁場不適合的過路客。去過一些歐洲和日本的有趣漫畫店之後，我只能說Mangasick絕對是能驕傲跟外國朋友介紹的國際級心頭好店！（沒收業配卻發自內心的浮誇式廣告文完。）

# 緊密卻自在的永和「樂屋好食」

撰文———
楊若榆

攝影———
張語軒

　　怪貓是「樂屋好食」這間一人小店的主人，自己包辦所有餐飲調製，菜單之豐富，使得她的飲料專業都顯得其次了——一年前，這間坐落文化路的友善廚房還只是個手搖小飲料店，因為對飲食的關注，加上自己投入耕作、逐年增強對小農的關心與信心，在飲料店面折舊之際，毅然決然改變了經營方向，開始關照起「除了買到好喝飲料，也想好好坐下吃一頓飯」的客人。

　　重新翻修裝潢的「樂屋」多了「好食」，從門口的木架菜籃可以看出想法——漂亮的蔬菜是店主怪貓從宜蘭帶回，專供給喜愛小農食材的客人。多年前開始務農的怪貓，在宜蘭租了塊田，卻依舊維持著規律的生活步調：

每日開店、周四公休（老闆去宜蘭種田啦！），周日固定上教會所以下午營業。

樂屋好食的一方小空間裡總是有客人。我們剛踏進店裡，怪貓就說店裡小，不收一組三位以上的客人（但可接受預約），友人願意先去打電動，我們才得到最後一張桌子。桌子之間很近，且都是可以和廚房裡忙碌的怪貓以正常音量談天的距離，既緊密也輕鬆。

入門的左手邊牆上是一大塊黑板，滿滿寫著各式餐飲，最吸引人的品項出現在黑板一隅：「看老闆心情」、「隨便來點什麼」。當然要點這個啦！以為快速決定就可搶著效率點餐，怪貓反而笑我們是「被訓練得很好的消費者」，想著省自己也省對方麻煩，但在不追求翻桌率的樂屋好食用餐，就是希望你慢慢來。「慢慢來」包括：請不要一口氣決定主食、飲料、甜點。怪貓說明，若習慣飲料隨餐上，容易洗掉你完美一餐的味覺，「先專心吃飯」是溫柔的提醒，也是對農人的感謝。

書架放著吳音寧的《江湖在哪裡》，隔壁桌閒聊的也是農事，偶有義憤填膺的句子：「毒害我沒關係，不要傷害這環境。」指的大概是農藥濫用；大黑板下方有個透明的小冰箱，有手作的酒麴、鹽麴、越光甘酒等古早味，下層放著一大塊正點到不行的蛋糕——這天的口味是「藍莓生乳」。甜品是樂屋套餐的重要一環，由老闆精選的兩位糕點達人——「壹人派對」和「阿啾」輪番提供。這天，一身輕便、皮膚黝黑的阿啾就坐在吧檯，抖著腳讀著書。

怪貓笑說，來樂屋有個特色就是：「可以遇到你這一餐的作者」，如現在盤裡的蛋糕作者就坐在鄰桌，偶爾米飯的作者（種稻的人）、黑豆油的作者（釀造的人）也會來坐。才說著，壹人派對就單手端著環保盒裝的「開心果香蕉戚風」走進來。

我們的餐點裡特別吸睛的就屬最小碟的酸豇豆。怪貓介紹，因為夏

天到了，她在乎每餐都要有一到兩樣的「發酵食」，和醃製物不同，發酵食是益生菌和乳酸菌的努力成果，能在炎熱的氣候保衛體內健康。

用餐完怪貓為我們介紹起飲品，提到以新採蜂蜜調製的「百花蜜氣泡飲」，她說，今年宜蘭的農友都發現──蜜蜂回來了！不只從蜜的味道可以感受到，同樣仰賴蜜蜂授粉的各項農作物，比如授粉不足造成的玉米「缺牙」，今年也改善了。因為宜蘭越來越多農友對無毒環境的努力，讓蜜蜂得以四處去、帶回來的蜜也格外讓人安心。

忽然有人推門而入，開心地嚷著：「今天貓讓我拍照了耶～」原來是住在樂屋隔壁的太太，每日上午會沿著新店溪散步運動，固定在一座圖書館前巧遇街貓，也固定在散步後踏進樂屋用餐，和怪貓分享每日散步趣聞，開朗的聲調十分親切，這才發現這位熟客原來是小小書房讀書會的書友。同在文化路上的樂屋和小小書房只隔著步行五分鐘的距離，據說每個禮拜一下午，許多參加讀書會的成員都會先到樂屋報到，怪貓會像主任一樣監督他們讀書進度：沒讀完的不准聊天吃蛋糕！

格局方正的樂屋，在廚房和坐席之間，有一扇美麗的窗櫺隔開，用餐的客人可以隨時看見怪貓烹飪過程──她瘦小的身影在窗裡窗外來回穿梭，輕巧愉快。

讓自己和客人們都自由自在，是屬於樂屋的風格練習，「好食」則是自然環境與小農廚房中流轉的樸實心意。

---

**在地資訊**

樂屋好食
地址：新北市永和區文化路44號
電話：02-8660-2479
粉絲頁：https://www.facebook.com/rakuyalovecoffee

# 娜娜帶你去拜拜——
# 遊蕩永和保福宮

撰文、攝影
___
陳安弦

導覽人
___
孫娜娜

　　娜娜說，她之所以認識保福宮，是因為一年前參加了小小書房舉辦的「永和小旅行」。我記得，那次小旅行正好遇上小型颱風裙邊掃過臺灣，出行前一天，我們才和負責導覽的廟方人員黃大哥商討，若雨勢過大，是否要取消拜訪？但黃大哥卻老神在在：「你們要過來（保福宮），那不會下太大啦！」隔天，果然只有雨絲飄飄，在我們一行人前往保福宮的路上，甚至還出了太陽——娜娜從此成了保福宮的粉絲。

我們一邊聊著那次的「神蹟」，一邊踏上保福宮前寬敞的階梯。永和保福宮主祀保生大帝，由大龍峒保安宮分靈而來，2011年經歷了第四次大改建，以足足五年的時間，建成了我們眼前所見的氣派廟宇。

今天，娜娜是來還願的，她熟練地「變出」裝供品用的鮮紅塑膠盤，放入剛洗好的芒果、葡萄和荔枝，再捧著這盤果物，走入正殿，我則抱著誠惶誠恐的心情跟在後頭，看著她放下水果，在繚繞的香煙中雙手合十默默禱唸，然後……就沒有然後了，整個過程不到五分鐘！

我且先把腦中一卡車關於祭拜禮俗的問題拋到腦後，不去管芒果和葡萄到底能不能拿來拜拜。娜娜笑說，她從小就喜歡保生大帝的故事，「點龍睛醫虎喉」、「泥馬渡康王」、「絲線過脈救皇后」，在她心目中，保生大帝是溫柔慈善、守護眾生的神明，就像寬容著小輩的長輩一般，所以在保福宮裡她特別感到輕鬆，比起既定的禮數，更相信心中和神明的對話與許諾。

為了讓神明們有時間享用，我們把水果留在供桌上，便開始在偌大的廟裡遊逛著。平日的下午，香客不多，但是陸陸續續有人來去，有母親帶一對小兄妹、有表情嚴肅執著香的中年男子。娜娜一一為我介紹廟裡的諸尊神明：一樓除了保生大帝，還有註生娘娘；二樓有關平太子、周倉元帥、保儀大夫；三樓是玉皇大帝……一時實在難以全部記起，留在腦中的唯有神明或嚴肅、或溫藹、或殺伐中帶逗趣的表情。

繞了一圈回到正殿，娜娜不經意提起，她有時候會在晚上下班後過來這裡。我大為震驚，展現出現代人無知的一面：「晚上？來做什麼？晚上保福宮居然有開啊？」而且我一直以為晚上是不能拜拜的！

「有開門餒，而且燈火通明。我其實也沒有要幹嘛，就是想要坐下來看看書，或者滑滑手機。有時候不是會覺得莫名鬱悶、或是身上氣不順嗎？我就會先過來，等心情變得比較平靜之後再回家。」

「呃，娜娜，你說你都坐在哪裡看書？」

娜娜比給我看，那是擺在正殿左側角落的一張長板凳，我試著坐下，背心貼著冰涼的石造牆面，深深吸入沉鬱的線香味道，想像在漆黑夜晚中，兀自金光閃閃的保福宮。「享受廟宇還真是有許多方式呢，」因為過度放鬆，我不小心說了聽來挺不敬的話，連忙道歉。「唉呀，保生大帝才不會在意，你下次也帶本書來吧！」

**在地資訊**

永和保福宮
地址：新北市永和區仁愛路202巷11號
電話：02-2922-7524
粉絲頁：https://www.facebook.com/baofu888

導覽人簡介

孫娜娜
某公司重案組資深客服／豬膚湯文藝復興首席稽核長／艾灸師／很會揉肚子芳療師／小小書房第一屆自產自銷陶藝手作選手、第二屆外掛店員。很會洗碗，愛吃肥肉和烤鴨，不愛吃青菜。